句集

稲刈る日

上田和生

UEDA Kazuo

東京四季出版

序

「雪解」主宰　古賀雪江

今回上梓される『稲刈る日』は、上田和生さんの第二句集であります。第一句集は二十数年前に、僚誌「懸巣」からの上梓でしたので、雪解選書としての刊行は今回が初めてであります。

序文を書かせていただく際には決まって、著者に俳句を始めたきっかけなどを話していただくのですが、「何となく」とかの返答が意外に多い中で、和生さんの場合は三十年前、「雪解」の「試写室欄」にそのご縁が明解に書かれてありました。

「雪解」誌より

「私が俳句と出会ったのは、ある化学会社に入社してであります。配属された工場にはかなり伝統のある句会があり、会員には会社のＯＢの方が多く、工場の会場の確保のために現役の会員を探していたことで、誘われるままに入会しました」という次第でした。そこがホトトギス系の句会であったことも何かの縁を思います。

「見たまま、感じたままを」と教えられ最初に作った句は、「松茸に紅葉に追はれ秋去りぬ」という季語三つの入った凄い句でありましたが、「最初にしてはうまい」と褒められたということで、このときの先輩は立派だったと思います。

この句会にはホトトギス系の人たちが参加されることが多く、その中には「雪解」の方も居られて、その方から皆吉爽雨のことを聞かれたということです。俳句を作るようになって、著名俳人の俳句の素晴らしさが分かり、魅かれるようになって、山口誓子の『俳句鑑賞入門』など様々な俳書を読み、山頭火に、放哉に憧れたりもしました。

その後、結婚をして、化学会社を退社して、府立高校の教師に転職をされ、十年余りの空白の後、「雪解」へのご縁となりました。

私が和生さんと初めて会ったのは、平成三年、京都のホテル東山閣での「雪解」の研修会の時でした。その頃の「雪解」は二千名近い大所帯で研修会の幹事は各地区が持ち回りで、その時は、大阪の僚誌「懸巣」の主宰行澤雨晴先生が幹事でありました。

句会、その後の宴会が終わった後、元気な若手が一部屋に集まり盛り上がっていた時、お体が不自由であった当時の井澤正江主宰の部屋でお世話をしていた私を若い人たちが呼びに来ました。有無を言わさず連れ出され、その席で雨晴先生より「これが上田和生や、雪江さんのお嬢さんと同じ東大卒や」と紹介されました。和生さんは雨晴主宰のお気に入りでした。私が驚いたのは、その後和生さんが私のところに来て「すんません。私は阪大卒で、東大ではなくて」と謝りに来られたことでした。どうでもよいことでしたが、なんて律義な人であろうか、と驚いたことで、その後の和生さんとの長い深い付合いでは終始一貫した和生さんの姿であります。

次に印象的だったのは、数年後、神戸のポートピアホテルでの研修会で三代目茂惠一郎主宰の特選を「菊の鉢フロントまでの遠きこと」の句で受けられた時でした。一見どうということのない句に見えますが、その時のホテルのたたずまいや、菊の鉢の置かれた微妙な位置などを句にされたもので、和生俳句はこの時を始めとして、いつも鋭く、しかしゆるやかに成り立っていることを思います。

和生さんの句を見るとその句材の大方は、奥様との穏やかな日常、化学会社を退職して教師になられたこと、そして神事に関わる役割や村役を担ったことなどであります。

農業はあまり得意ではなかったようです。村の様子、妻との円満な駆け引きなど和生さんならではの微妙な句が並びます。

春暁や句会にするか田に行くか
百姓に蛇も毛虫も出て穀雨
取れたての海鼠もらつて妻困らす
田へ行けと言ふ妻の目や春炬燵
春の雪朝より女湯を盗む
ぎしぎしや小作田返されても困る
花みかん村から村へ嫁入す

女房はお多福豆の専門家
雷に覚め喜雨に安心して寝まる
花嫁と仏を会はす盂蘭盆会
曼珠沙華村の噂は野を走る
古文書のありさうな家柿たわわ

和生さんは幼少の頃、「叔父の家の養子になった」と語ったことがあります。また、献身的な奥様には「頭が上がらない」と、時々自虐的な句を詠んで句会場を沸かせておりますが、奥様にとっては自慢のご主人様であるかと思います。

本家とは柚子をもらひに行くところ
十五万石の城のせ山笑ふ
魚臭くなるまで鑼を見て遅日
香水に縁なき妻にしてしまふ
邯鄲や松を離れて月円か

妻とする死後の話や残る虫
端居して文法談義仮名談義
本日は趣味の日明日は稲刈る日
日脚伸ぶ肥の袋に腰下ろし
養子に来てくれさうな子にお年玉
鯛や百姓老いて米を買ふ

最初は、俳句の生活というものがしころを得ないことではあったかも知れませんが、次第に頭と心と体が俳句に深く入って行かれたようです。あれもこれも同時に出来ない、器用ではない性格であるようですが、気が付いたら仕事と家庭、このほかに打ち込むものは俳句以外にはなくなったということでしょうか。

平成二十五年、「雪解」の同人会長になられました。誌友らの絶大の信頼による適役でした。以後、主宰の私とコンビを組んでの「雪解」の運営です。この頃から「雪解」では、誌友の多い関西や福井などの地の利を思い、伊吹山のふもと、長浜のホテルでの研修会、同人総会が恒例となっております。

どこまでも伊吹山のついて来る小春
浮御堂浮寝の鴨に囲まるる
冬田道老老介護の車椅子
東京の底冷を言ふ京の人
初花を確と捉へし術後の眼
合戦の跡に麦蒔く北近江

大阪大学工学部応用化学科を卒業後、化学会社に就職をされましたが、「実験が誠に苦手であった」とか、「あまり会社の役には立たなかった」と話されたことがあります。教師への転職は、正に的確でありました。運転もバックが苦手だそうで、村ですれ違う時には、「相手のご好意に頼る」と話されたことがあります。大阪での吟行の際、和生さんの新車で駅まで送っていただいた時に、降りる際「どうしよう。ドアの開け方が分からない」と言われ、一瞬途方に暮れた経験があります。このような和生さんは高校では生徒たちに愛された記憶に残る先生であったことでしょう。教え子たちに向けられた愛の目は、自然に向き合う時と少しも変わりませんでした。

卒業証書授与君付けでさん付けで
翦定のことを離任の挨拶に
稲刈りしことを授業の枕とす
新米の注文教頭より受くる
エンジンの始動てこずり田を起す
商才より文才少し漱石忌
遠き祖の出自の村の柿すだれ

だんじりの盛んな地での村役も大任だったそうです。また、神社での役割も大事に務められました。時には眼疾で悩まれたり、何もかもが万々歳では無かったかもしれませんが、このように生活の中に俳句がある、そのことで日々元気にいられる、非常に健康的な俳句生活であったと思います。

村役の端役に推され燕来る
秋祭寄付受付の盗み酒
祭客稲田の出来を見て帰る
町会長町会館の障子貼る
村あげて下校見守り初燕
長老の席空けておく花筵
だんじりは大人の玩具梅雨晴間
父の日の父は一人で田を植うる
青田干す大きな罅の入るまで
だんじりの会議夜長の出前とる
直会の足許に置く蚊遣香

日常の生活を大事にしながら、見たもの、感じたことを素直に表現をしているところが何より好感が持たれます。俳句を始めたことで、他のことでは求められない郷愁のようなものを覚え続けたことでしょう。作者独特の表現の巧みさで、独自の句風を作り上げ、その季語の斡旋の巧みさ、独自の感覚に惹かれて脱帽することが度々あります。

「雪解」の作句の指針である、創始者爽雨の示した写生俳句が「苦手で」、と常にこぼされておりましたが、集中の句はほとんど写生句で占められていて、いずれも写生の基礎をふまえての平明な句で、安心して読める作品集になっているかと思います。

日々自粛夫婦揃ひのちゃんちゃんこ

と、このようにこれからも齢をまっすぐ諾いつつ、ご家族のため、「雪解」のために元気で活躍していただきたいと思います。

令和五年十二月

目次

装　幀
高林昭太

カバー・表紙絵
毛利梅園
（『梅園草木花譜』より）

句集

稲刈る日

いねかるひ

牛蒡引く

平成十二年〜十六年

門礼の声は娘の婚約者

結納を終へて蕨を摘む両家

建国の日を誕辰にやや左翼

春暁や句会にするか田に行くか

前身は府立六中柳の芽

村役の端役に推され燕来る

卒業証書授与君付けでさん付けで
翦定のことを離任の挨拶に

雀の子天満天神宮生れ

四天王寺西門前の種物屋

百姓に蛇も毛虫も出て穀雨

退け早き嘱託勤め茄子の花

朝昼晩たけのこ飯を食はさるる

同窓会日焼の顔を笑はるる

豆の飯婿に食はれてしまひけり
藤原のおほき后は鹿の子とぞ

ひと仕事あと一仕事ほととぎす

寺田屋の二階に白雨遣り過す

夏ばての妻よ三食ありがたう

茂より茂へ祖谷のかづら橋

帰省とは二上山を仰ぐこと

北極熊に残暑見舞を申しけり

環境も論じて村の盆総会

松茸の匂ひ校長室よりす

稲刈りしことを授業の枕とす

大根蒔く人と祭の打ち合はせ

葛刈つてだんじりの道整へぬ

嫁ぐならだんじり祭あるところ

秋祭寄付受付の盗み酒

秋祭恩師の家に長居して

祭客稲田の出来を見て帰る

庭下駄の出払つてゐる虫の宿

九条ですかいや堀川です牛蒡引く

菊の鉢フロントまでの遠きこと

よく切れる白露の朝の草刈機

だんじりのやうに台風向きを変へ

誕生も結婚式も文化の日

遠江秋逝く雨となりにけり

町会長町会館の障子貼る

子規さんと小春のガイド法隆寺

席題の石焼芋を買ひに出る

煤払ぐづな亭主を引き当てて

山に雌雄塔に東西寒牡丹

取れたての海鼠もらつて妻困らす

春炬燵

平成十七年～二十年

背山へも登り村社の初詣

初電話声が若いと褒めらるる

田へ行けと言ふ妻の目や春炬燵

環濠に蜆を掻くは阿礼の裔

朱雀門下が最も春寒し

昼養に大和の茶粥春浅し

旦那寺の涅槃図絵解きしてもらふ

海髪掻きの女男のやうな声

春の雪朝より女湯を盗む

文人の如く逗留春の雪

和泉より近江へ出荷春の鮒

小町忌や村の小町は村に老い

村あげて下校見守り初燕

フィアンセがやつて来ました春コート

晋山を終へたる僧と桜餅

村役に蜂の巣とりといふ仕事

ぎしぎしや小作田返されても困る

天気上々花上々の通り抜け

惜春の信濃追分辰雄館

闖入の筍を打つ宮司かな

牡丹に傘を着せある家に嫁す

花みかん村から村へ嫁入す

女房はお多福豆の専門家

万緑のひとつになんぢやもんぢやの木

婚約といふ母の日のプレゼント
百姓に土地のいさかひ草いきれ

二駅に及ぶ御陵の茂かな

葉柳の町海鼠壁海鼠壁

水番に畔草刈れと言はれけり

雷に覚め喜雨に安心して寝まる

水喧嘩だんじり祭にも及ぶ

夕刊の頃に田に出て土用あい

里芋に花が咲いたと妻の声

花嫁と仏を会はす盂蘭盆会

花嫁の挨拶回り稲の花

曼珠沙華村の噂は野を走る

爽やかに祭団扇で挨拶す

町会長月に胴上げ祭果つ

思ひ草思ひの外の込み具合

年々に米を重しと籾を摺る

新米の注文教頭より受くる

二上山を軒端に住まひ枳殻の実

法起寺へ刈田を歩かせてもらふ

古文書のありさうな家柿たわわ

村を出て行方知れずの海螺仲間

芭蕉の近江澄雄の近江秋惜しむ

本家とは柚子をもらひに行くところ

学校へ上がる前から柿博打

立冬や湖の紺山の紺

町会長今日もお出かけ神の留守

どちらまで新嘗祭でお宮まで

町会長引き受けてより風邪心地

町会長忘年会の歌復習ふ

新しき村役決り日脚伸ぶ

天井は網代組なり梢の宿

十夜婆

平成二十一年〜二十四年

子の嫁を褒められてをり初詣

鯛焼が好きと子の嫁初詣

この国に大島いくつ椿咲く

エンジンの始動てこずり田を起す

二上山を隠すものなし雲雀の野

奈良側も大阪側も初ひばり

薄氷や伝天平の手水鉢

万屋は村の噂も売り日永

奠都千三百年の奈良の春

このあたり紀州の飛地木を流す

蕗のたう峠に風の向き変はる

十五万石の城のせ山笑ふ

ご自由に入り下さい雛の家

馬酔木咲き南円堂に昼の鐘

花馬酔木吉祥天に会ひに行く

花菜漬妻に上手を言ひにけり

長屋門前に五本の若緑

魚臭くなるまで耀を見て遅日

昭和の日父とよく来し灸寺

憲法の日や遊び田にバーベキュー

高塀の俵屋泰山木の花

郁子若葉客を見送る柊家

この世には蓼食ふ虫も蛇好きも

紀の川の蛇行を俯瞰柿若葉

丹生都比売神社を前に代を掻く

先発の予定の投手水中り

香水に縁なき妻にしてしまふ

五月雨や海の中まで川流れ

ビルの名の変はつてをりぬ梅雨の町

昼の湯は昨夜の残り湯ほとぎす

かみさんも日日草も元気なり

蟻地獄えんまの日にも休まずに

穴子丼に行列南風の魚市場

三度目に回りきつたる鉾回し

万屋に聞く村のこと葭簾

竹煮草紀泉境の仇討場

子供の罹る病気に罹りかき氷

二股の夏大根に臍付ける

公民館田植休みの寄席かかる

二上山に秋立つ雲や雨晴無し

秋しぐれ仏と長居してしまふ

門前の稲田刈り頃石光寺

菊花展城に時報の太鼓鳴る

邯鄲や松を離れて月円か

連歌所の明け放しあり新松子

踊唄口説きに変はり夜の更くる

行き交へる月見の人と通夜の人
さぞかしは祖の馬方と温め酒

備前岡山十一月の晩稲刈る

妻とする死後の話や残る虫

猪の出る所と知らず嫁ぎ来し

田水引く樋を外して秋収

二上山の裾に流寓通草の実

菊花展仕舞の菊を切り呉るる

芭蕉忌や天気予報に無きしぐれ

いそいそと妻はすつかり十夜婆

放課後の子供教室大根引く

何やかやや師走の妻に使はるる

三寒に逝きて四温に送らるる

寒木瓜や暮しの足しに米を売る

礼状に大きな蜜柑ありがたう

法善寺の前の河豚屋に年忘れ

戒名に浄詠の二字寒椿

早梅や茶屋の一番客となる

商才より文才少し漱石忌

雪吊りの松雪吊りをしてゐない松

稲刈る日

平成二十五年～二十七年

紀の国の木の神さまへ初詣

失禁パンツもらふ建国記念の日

長老の席空けておく花筵

寺町のはづれ色町春の雪

菜の花や妻に老人会の役

万葉の和歌の浦曲の磯遊

菩提樹の芽を吹く法華滅罪寺

海龍王寺臥竜の松の緑摘む

糠雨に森青蛙孵化すすむ

楠若葉鳥打帽の郷土史家

子に習ふパソコン操作こどもの日

だんじりは大人の玩具梅雨晴間

田植の近江田植支度の遠江

俳句は私性俳句は悲性桜桃忌

父の日の父は一人で田を植うる

梅雨旱天竜砂嘴を伸ばしをり

菅公の誕生の宮梅を干す

河骨の池に生きとし生けるもの

二条城前に住まひて葭簾
籐椅子に籐椅子の父偲びをり

桃山町字桃山の早生の桃

青田干す大きな罐の入るまで

笹百合や廃村に貴種流離譚

縁台将棋足許を羽抜鶏

端居して文法談義仮名談義

存分に富士を仰ぎて休暇果つ

鯛や林業組合酒も売る

白山は雲中にあり蕎麦の花

白山へ禅定の道露の道

八月大名句会荒らしをしてをりぬ

本日は趣味の日明日は稲刈る日

氣比さんの神代の色の曼珠沙華

蓮の実の飛んで仏に遊び足

草紅葉仏師千年杉を干す

縁ありて添うて秋刀魚を焼いて古希

黒豆を選りをり鸛飛べり

だんじりの会議夜長の出前とる

牡蠣育つ遠淡海の干満に

八幡太郎義家が宮七五三

銀杏の燻つてゐる焚火あと

淡路島まで歩けさう小春凪

命終を共にする山蜜柑摘む

蜜柑取り妻の半分しか取れず

芋買ひに妻を走らす焚火かな

熱燗や人生下り坂楽し

四天王寺さんを狭めて果大師

こふのとり舞うて天皇誕生日

金剛山麓大注連縄を綯ふ

生き下手で俳句が下手で着膨れて

日脚伸ぶ肥の袋に腰下ろし

浮御堂

平成二十八年〜三十一年・令和元年

養子に来てくれさうな子にお年玉

初仕事直会殿に餅を切る

茅渟よりの松籟荒ぶ初戎

一本の野梅の早し村の口

辛夷咲き村の外れに分家して

げんげ田の鋤かれげんげの畦残る

春の雪茶粥とろりと炊きあがる

畔を焼く蓮如上人隠れ里

芋煮会の大釜も見て花の旅

長生きのサプリあれこれ四月馬鹿

生業の菊の根分けをしてをりぬ

鰈干す沖に烟れる若狭富士

べた凪の隠岐の内海遅桜

大和大納言秀長が城遅桜

舞妓ビラ春の落葉の坂を掃く

産土へ神の名の橋初蛍

路線バス日傘の人を拾ひ行く

井伊の譜に女城主や百日紅

井伊の谷は井伊の本貫土用餅

利休の町晶子の町の船遊

市役所の裏は城濠燕子花

耳遠き妻に相槌冷奴

ニューグランドホテルの前の竹煮草

奥つ城へ急坂烏瓜の花

蟷螂からハリガネムシの出る日和

母一人子一人母の墓洗ふ

バケツ叩いて稲雀追ひし母

秋のこゑ非運の将の馬印

里人は三成贔屓通草の実

蜩や百姓老いて米を買ふ

過疎進むところ蜩よく鳴きぬ

仁王像の股間に巣食ふ秋の蜂

農薬を買ふに押印秋暑し

暑いから秋の蝮に気を付けな

連れ合ひは車椅子なり花芙蓉

棚田から棚田へ水を落としけり

神南備山を正面にして月祀る
神主の川を見てゐる厄日かな

趣味ですと僧は五葉の松手入

城下町四角に巡り走り蕎麦

同窓に叙勲の栄や文化の日

ひと雨にお多福豆の芽の揃ふ

国生みの島へと帰る夫婦神

どこまでも伊吹山のついて来る小春

浮御堂浮寝の鴨に囲まるる

直会の酒熱燗にしませうか

冬田道老老介護の車椅子

おん祭奈良女子大のトイレ借る

薪ストーブの杣家に一人残さるる

身の凍てを天平仏に解さるる

両朝の頓宮隣り合ひ凍つる

東京の底冷を言ふ京の人

大欅

令和二年～五年

小作田を返しに来たる年始客

直会の善哉お代はりして三日

補聴器の電池を妻は買初に

滝音に近づいてゆく淑気かな

なづな粥炊けてますよと起こさるる

朝寝して月忌の僧に起こさるる

椿咲く阿波水軍の港町

料峭の信楽盆地窯場坂

田へ行くは年寄ばかり茎立ちぬ

予後の眼のよく見え神南備山笑ふ

初花を確と捉へし術後の眼

緊急事態宣言発出花見頃

城濠を漂うてゐる花筏

急坂に沿ひ巣燕の長屋門

渡殿を新郎新婦風光る

藩公の御成道なり若緑

二の丸の松の緑が城隠す

だんじりの広場に芽吹く大欅

蝸牛家号を記す父祖の墓

風鈴の一斉に鳴る天守閣

医師涼し転ばぬ先の杖を説く

直会の足許に置く蚊遣香

行基終焉の寺まで青田道

村を出る道はいづれも青田道

暑かりしと屋根屋は屋根を下りてくる

熱中症か妻を助けに田へ走る

百日紅宅急便はチャイム押す

草藤の道を園児の縄電車

比良比叡眠り大琵琶朝を凪ぐ

走り萩搦手門へ風の道

しやべるだけしやべつて帰る盆の客

天辺の家は初盆坂の村

ナイターは佳境に月は天心に

雨の中住吉さんは初穂刈る

遠き祖の出自の村の柿すだれ

花水木紅葉づる村の駐車場

新米の幟はためく道の駅

山の池泡立草に囲まるる

大根蒔かむ大根蒔かむと妻病めり

何もかも人の手を借りうそ寒し

温め酒股旅演歌愛唱す

神主と酌む約束を神無月

初しぐれ茶粥に入れる茶を買ひに

大寺の前に大池涸れてあり

満水の濠を回遊鴨の陣

合戦の跡に麦蒔く北近江

ホテル混み聖樹の前に待たさるる

身売するホテルつつじの返り咲く

冬萌や濠に迫り出す犬走り

寒の入リュック背負つて入院す

直会殿の納戸に白鼻心の罠

日々自粛夫婦揃ひのちゃんちゃんこ

句集　稲刈る日　畢

あとがき

第一句集『稲田』は定年の年に発刊しましたが、来年は辰年で七度目の年男になりますので終活と思って第二句集を出すことにしました。拙い俳句ですが、記録と思っています。俳句は就職した化学会社の俳句クラブで始めました。転職をして教師との兼業農家となり、教師をしながら米と蜜柑を作ってきました。

「雪解」の創始者の皆吉爽雨は、戦争中から戦後にかけて一年弱ほど岸和田に疎開していた関係で、岸和田を中心とした泉南地域には「雪解」の誌友が多いです。私の町でも三人の女性が「雪解」に入っていて、特に、奥静代さんは「雪解」ではよく知られた俳人で、静代さん宅で月に一度句会が開かれていました。誘われるままに、その句会に出席したのが「雪解」に入会するきっかけです。

化学で落ちこぼれ、農業では近所の人の助けを借りながら、何とか田畑を守ってきました。何をしても人並みにいかない男でした。ただ、教師だけは向いているのか、「癒し系教師」として最後まで勤めることができました。

私の不器用さ、鈍臭さは人並みを外れていて、手先の不器用さだけでなく生き方が不器用なのです。何て阿呆なんだろう、という嘆きのガス抜きをしてくれているのが私の俳句です。こんな私に添うてくれた妻には、感謝あるのみです。教職、俳句、妻は、私を助けてくれました。

古賀雪江主宰は前々から何かと私に目をかけてくださり、私の今日あるのは主宰のお陰と感謝しています。また、心の籠もった序を頂き有難うございました。

「雪解」の皆さんには、日ごろ親しく付き合って頂いて感謝しています。今後ともよろしくお願いします。

東京四季出版の西井洋子社長、担当の大熊文子様には大変お世話になりました。有難うございました。

令和五年十二月

上田和生

著者略歴

上田和生（うえだ・かずお）　本名：和夫（かずお）

昭和15年　大阪府岸和田市に生まれる
昭和61年　「雪解」入会
平成12年　雪解新人賞受賞
平成12年　句集『稲田』発刊
平成28年　雪解賞受賞
平成29年　随筆『お多福豆』発刊
令和 3 年　雪解賞受賞
令和 5 年　雪解賞受賞

「雪解」同人会長、編集委員
公益社団法人俳人協会会員、大阪俳人クラブ理事

現住所　〒596-0845 大阪府岸和田市阿間河滝町1625
E-mail : kueda11@sensyu.ne.jp

雪解選書　第三七四編

シリーズ 綵 31

句集　**稲刈る日**　いねかるひ

二〇二四年五月十五日　第一刷発行

著　者●上田和生
発行人●西井洋子
発行所●株式会社東京四季出版
〒189-0013 東京都東村山市栄町二―二二―二八
電　話　〇四二―三九九―二一八〇
ＦＡＸ　〇四二―三九九―二一八一
shikibook@tokyoshiki.co.jp
https://tokyoshiki.co.jp/
印刷・製本●株式会社シナノ

定価はカバーに表示してあります。

ISBN978-4-8129-1155-6